ALMA
y cómo obtuvo su nombre

Juana Martinez-Neal

SCHOLASTIC INC.

Alma Sofia Esperanza José Pura Candela tenía un nombre largo—

demasiado largo según ella.

—Mi nombre es tan largo, Papi. Nunca cabe—dijo Alma.

—Ven aquí—le dijo él—. Déjame contarte la historia de tu nombre. Después podrás decidir si te cabe o no te cabe.

PERÚ
PERÚ
CULTURAS PERUA

Sofia era tu abuela—él empezó—.

Ella adoraba los libros, la poesía, las flores de jazmín y, desde luego, me adoraba a mí. Fue ella quien me enseñó a leer.

—Yo adoro los libros y las flores. . . ¡y te adoro a ti, también, Papi!

Yo soy

Sofia

ESPERANZA era tu bisabuela—él continuó—. Ella siempre había soñado con viajar pero nunca dejó su ciudad natal. Su único hijo creció y llegó a cruzar los siete mares. Donde sea que fuera su hijo, el marinero, el corazón de Esperanza iba con él.

—¡El mundo es tan grande! Yo quiero conocerlo contigo, Papi. ¡Tú y yo juntos!

Yo soy

ESPERANZA

JOSÉ era mi padre—dijo el papá de Alma—. Él fue un artista y tenía una familia muy grande, como era costumbre en aquellos tiempos. Muy temprano por la mañana, él caminaba al campo o a las plazas para pintar paisajes de la vida cotidiana. A veces yo lo acompañaba. Tu abuelo me enseñó a ver y amar a nuestra gente.

—¡Yo también me levanto temprano todos los días y dibujo un montón! ¡Esta mañana te dibujé un gatito, Papi!

Yo soy

JOSÉ

Pura era tu tía abuela.
Ella creía que los espíritus
de nuestros ancestros estaban
siempre a nuestro lado,
cuidándonos. Cuando naciste,
ella te amarró una cintita roja
en la muñeca: un talismán
para protegerte.

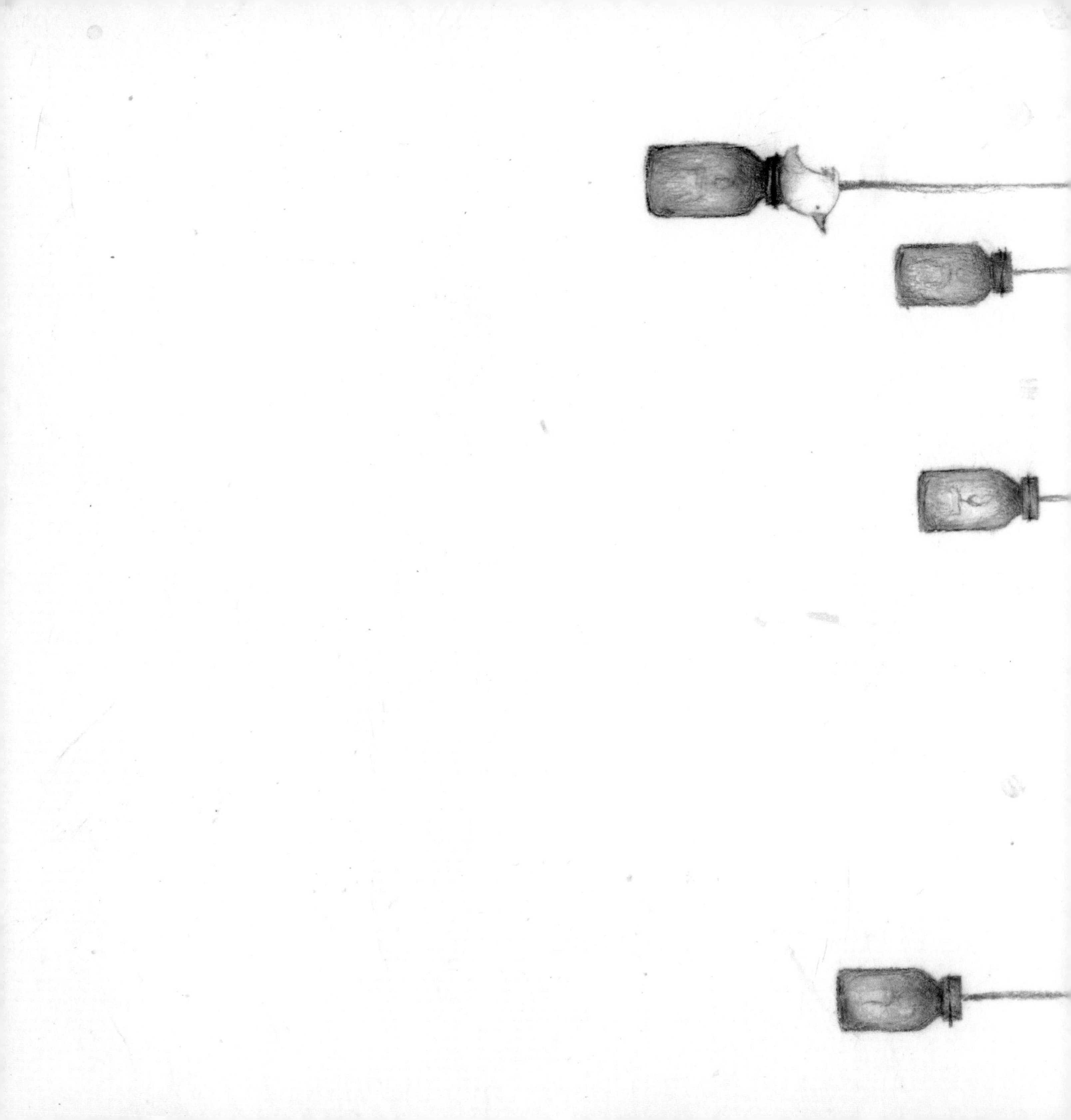

¡Hola, Pura!
Soy yo, Alma.

Candela

era tu otra abuela.

Ella siempre defendió las causas justas.

ESCUCHA
PIENSA
¡DE-
NUN-
CIA!

¡Yo soy
Candela!

EDM

—¡Me encanta la historia de mi nombre! Ahora, cuéntame de *Alma,* Papi. ¿De dónde viene ese nombre?

—Elegí el nombre de *Alma* sólo para ti. Tú eres la primera y la única Alma. Y tú harás tu propia historia.

¡ALMA
Sofia
ESPERANZA
JOSÉ
Pura
Candela!

—¡Ese es mi nombre, y me cabe perfectamente!
Yo soy Alma, y tengo una historia que contar.

Mi historia
ALMA

Una nota de Juana

Mi nombre es Juana Carlota Martinez Pizarro. Mi padre me llamó Juana como su madre, Juana Francisca. Mi madre eligió el nombre de Carla honrando la memoria de su tío Carlos. Mi padre era un hombre de decisiones, así que cuando fue a registrar mi nacimiento, cambió el nombre de Carla a Carlota en el certificado. Él estaba convencido que Juana Carlota era el nombre poderoso que él quería para su primogénita. ¡Debido a ese cambio, me quedé con lo que yo consideraba era el nombre más anticuado, severo, feo y demasiado español en toda Lima, Perú, la ciudad donde crecí! En esa época no sabía que una vez que me mudase a los Estados Unidos, mi nombre me haría sentir única y me recordaría cada día del lugar de donde vine.

¿Cuál es la historia de tu nombre?
¿Qué historia quisieras contar?

Para Victor Nicolás Martínez Gómez, mi papá

ISBN 978-1-338-34367-0

12 11 10 9 8 7 6 5 4 3 20 21 22 23 24

Printed in the U.S.A. 40

First Scholastic printing, January 2019

This book was typeset in Youbee.
The illustrations were done with graphite, colored pencils, and print transfers on handmade textured paper.